길의 끝은 또 길이다

천년의시 0120

길의 끝은 또 길이다

1판 1쇄 펴낸날 2021년 6월 21일
지은이 황선미
펴낸이 이재무
책임편집 박은정
편집디자인 민성돈, 장덕진
펴낸곳 (주)천년의시작
등록번호 제301-2012-033호
등록일자 2006년 1월 10일
주소 (03132) 서울시 종로구 삼일대로32길 36 운현신화타워 502호
전화 02-723-8668
팩스 02-723-8630
홈페이지 www.poempoem.com
이메일 poemsijak@hanmail.net

황선미ⓒ, 2021, printed in Seoul, Korea

ISBN 978-89-6021-565-8
      978-89-6021-105-6 04810(세트)

값 10,000원

길의 끝은 또 길이다

황선미 시집

천년의 시작

시인의 말

	자
여	유

차 례

시인의 말

해 설

제1부 배움의 집

이기는 기술

꽃이 지고 잎이 지고
단풍이 지고 겨울이 지고 나야
봄이 온다

해가 지고 노을이 지고
달이 지고 별이 지고 나면
아침이 밝는다

그대를 지고 빚을 지고
자식을 지고 짐을 지고서
사랑이 깊다

더 많이 더 무겁게

질 줄 알아야
이길 수 있다

몽당연필

연필 안에
날려 버린 말이 있다

눌러 온 한숨 검게 태웠고
뾰족한 화 억눌러 뭉툭하게 닳았고
단단한 잘난 체를 하얗게 벗겨 내었다

깊은 속 어둠까지 다 써 내려가며
검게 속내를 털었다

깨어지지 않을 것 같던 껍질도
드러내지 못할 것 같던 속사정도
풍파에 깎이고 세파에 닳아 줄어든
구구절절 키 작은 사연

표어 바위

메타세쿼이아 하늘 찌르는
인가 먼 35번 국도 변
일어선 너럭바위 굳은 얼굴
저 홀로 살갗에 자학을 새기고 있다

"바르게 살자"

고층 빌딩 출근 설치는
혼잡 버스 대로변
업무 문자 관계 수다 비상 연락
저절로 무선전화 피학을 울리며 온다

"바쁘게 살자"

덜 깬 잠 월요일 내달리는
지각한 고속도로
추월선 사무실 넘나드는 직장
네 바퀴 저절로 가학을 굴리며 간다

"빠르게 살자"

온라인 개학

준비되지 않은 미래가 등교를 했다

대면 너머 아이들이
전파 건너 지식으로
가르침 잃은 선생님이
가리킴 스친 화면으로

가해지는 가상이
가르치는 가상현실

몸이 굳은 체육
손발 묶인 실습
머리 굴린 체험
자리 비운 출석

앉은뱅이 수업
스마트폰 확 찐 아이들
교육 On 수업 In

코로나 수업

빛과 소리만의 교실

온기 없는 만짐
체취 감춘 스침
왜곡된 실체

압도적 전달
관망한 인식
무한한 시청각
촉 · 후 · 미각 압살

만질 수 없는 너
맡을 수 없는 그대
만날 수 없는 우리

인스턴트 아이

사지가 부풀어 오른
바람을 먹은 얼굴

부모의 가난을 입고
가만히 앉은 아이

시급 알바 뺏긴 엄마
푸른 바다 냉동 미각
풀 내음 잊은 풍미
입 가득 욱여넣은 햄버거

사지가 시든 교실의 학생
오체가 무른 학원의 원생

문어 발 연골 이빨
가루를 씹고 있다

선생님 봄에는

3월에는
봄꽃 시샘하는 미소보다

선생님께
수고 많으셨습니다
응원의 감사를 드리고 싶다

4월이 오면
벚꽃 흐드러진 찬사보다

선생님께
꽃그늘에 잠시 쉬어 가실
자리를 내어 드리고 싶다

5월 다가오면
카네이션 선혈 꽃길보다

스승께
낙화 모아 다시 엮은
화관을 올려 드리고 싶다

길고 짧은 것

인생은 짧고 예술은 길다
오래전 고명한 의사 선생님 말씀이
오래오래 새길수록 명언이다

재어 보나 마나

시험은 짧고 공부는 길다
연애는 짧고 결혼은 길다
임신은 짧고 육아는 길다
처녀는 짧고 엄마는 길다
총각은 짧고 아빠는 길다

코로나는 짧고 일상은 길다

재는 것은 짧고 견디기는 길다

요리사 아들

칼의 아픔
불의 고통

손마디 절단의 자상
허벅지 괴사의 화상

손끝이 다듬고
땀방울로 빚어
식탁에 차려 놓은

칼의 노래
불의 춤

똥값

"아~ 아!
과정리 이장임더
저~ 밤골 할매요
손자 바지 갖고 퍼뜩 오라캄더"

"아! 아~
다시 한번 알림미더
밤골 할매 손자 바지 갖고
학교로 후딱 가 보이소"

"샘요, 미안심더
야가, 애미 가 뿌고 나니
저래 똥오줌을 못 가리네예"

"샘, 와요?
똥 치워 준 돈 더럽다고
안 받을라 캄니꺼!"

"어데예
제가 당연히 치워 줘야지예"

\>

선생님 주머니에 찔러주고
도망간 5,000원

똥벌금

겨울방학 다가오는데
함박눈 녹으면 3학년 올려야 하는데
오줌은 허다히 지리고 똥마저

똥 덩이 뭉개고 앉아
수업하게 할 수도 없고
조개탄 난로 위에 불타는 주전자

사택 뒤 수돗가 남몰래 벗긴 바지
종아리까지 닿은 똥 죽
발목으로 흐른 똥물

얼음물 섞어 김 나는 주전자
틈새 낀 찌꺼기까지 씻겨
맨 살갗 금세 돋는 얼음꽃

연탄방 숙직실 아랫목
이불로 감싸 안은 아랫도리
"할매, 바지 갖고 올 때까지 가만히 앉았거라"

>

과정리 이장님 동네방네 방송
밤골 할매 손자면 삼동네 다 알 텐데

2018년, 똥죄 똥벌금 8,000,000원

밖에서 아이 바지 벗긴 성희롱
한겨울 수돗가 씻긴 아동학대
아랫도리 만진 성추행
아무도 없는 곳 혼자 아동 유기
똥 싼 일 방송 명예훼손

밥바라기 별

언뜻 놀라 깨니
물류 분류 택배 일 마치고
새벽에 들어와 한잠 든 아빠
봄은 딸기 장마철 깻잎 하우스
새벽 일 나간 할머니

빈 식탁 마른 빵 한 조각
빈 입 까치머리 등교한 민우
1교시 우유 한 모금
5교시까지 견디긴 너무 큰 배 그릇
돌 씹어도 헛헛할 식욕

쌓고 쌓아야 든든한 식판
먹고 또 먹어야 채우는 허기
학교 급식 한 끼로 삼시 세끼

아무도 돌봐 주지 않는 방학
제대로 먹을 게 없는 빈 식사

굶은 배고픈 엄마

해 진 저녁 창공 밥
눈으로만 먹은 저녁별

혁이의 엄마 밥

엄마 강제 밥 결합 동시 수업

칠판 바라봐도 생각은 녹조 늪으로
책상 내려 봐도 기억은 고목 옹이로

두 개 겹쳐 그린 동그라미
나 하나 엄마 하나 사라지는 공통분모
밥 한 그릇 색칠해도 엄마는 하얀 종이
생각할수록 백지장 얼굴

체온 없는 귀가 텔레비전
30인치 감금된 사람들
3m 눈앞 아른대는 환영들
36℃ 식히며 도는 냉각 팬

아빠 출장 간 즉석밥
전자레인지 이혼 파장 컵라면
오래 쉬어진 냉장 묵은지
그림자 텔레비전 마주한 겸상

\>

밥, 엄마 결합할수록
멀어지는 검은 얼굴
망막 뚫고 젖는 눈동자

잊혀진 체온, 식어 버린 밥맛
소리 잃은 음성, 색 바랜 얼굴
눈망울 맺힌 엄마 잔상

갑 부모 을 선생

슬픈 웃음이라도 너덜너덜 지어 보자
그러다 보면
허허로운 심정에 터덜터덜 헛웃음 나올지

또 그러려니
배배 꼬인 비웃음 어깃장 심사가 풀릴지

똥 오물 뒤집어쓴 말들이 구린 날은

비참한 미소라도 꾸깃꾸깃 꾸며 보자
어쩌다 보면
자글자글 주름에도 너울너울 선율 울릴지

또 견디다 보면
꾸역꾸역 시궁창 입에도 향기가 퍼질지

은장도

그믐밤 엷은 심장
풍구 바람 열심꽃

초저녁 가녀린 어깨
망치 다듬질 피멍꽃

급소 겨냥 모가지
일편단심 초승달

한가운데 묶은 아미
겁탈 정절 그믐달

칼을 품은 여인이 아름답다

타락죽 1

속이 쓰리고 아플 때 죽을 쑵니다

쌀알이 열 받아 맑갛듯
익어 갈수록 투명해지고 싶어
낟알이 불어 퍼지듯
뭉친 근육 나른히 풀고 싶어
죽 바닥 녹진하게 눌러 앉듯
뻣뻣한 목심 힘 빼고 싶어

축 늘어진 죽 누룽지
까맣게 타기 전에
밥보다 하얀 우유 덮어

자작하던 물기 부드러움 섞어
영혼이 타들어 가지 않고 싶어
홰~홰 저으며 굳어지기 전에
남과 몸을 섞어 어울리고 싶어
흰 우유 쌀알 흰빛
서로를 주고받아 같은 듯 다른 듯

타락죽 2

칼말 휘두르고
말벽 막히는 날은
죽을 먹습니다

너무 드러내지도
깊이 은둔하지도
꾸밈 적당히 유혹 약간
위선도 살짝 거만 조금

아침에 순수하고 하얀 죽 먹은 배 속
저녁에 누렇고 구린 변을 보았습니다

하필이면
세상에나 오늘도
봉변 풍겼습니다

독서 2

책들은 묵상의 침상에 들었고
글들은 먹물의 침묵에 잠겼다

스마트폰 문자는 잡설을 풀고
영상은 뒷담화 수다를 낚는다

재미가 혓바닥과 싸우고
정보가 눈동자를 이간질한다

책 편찬하고 글이 인쇄되어도
독서는 디지털에 반사만 된다

손 떠난 글은 돌아오지 않고
눈 벗어난 책이 서가에 갇혔다

내일을 위한 손길

아침이 온다고 해가 비치는 것이 아니었다

햇살이 살갗에 내려와 모공이 열리듯
햇빛이 눈가를 비추어 동공이 뜨이듯
미래는 그렇게도 오지 않았다

어제 저녁 개숫물에 담긴 설거지가
긴 비 해가 나올 때까지 밀려 둔 빨랫감에
미래는 그렇게 기다리고 있었다

물에 불린 밥풀을 닦아 주는 수세미가
쩔은 기름 녹여 때를 씻어 내는 솔에
세상에 길들여진 작업복 말리는 빨랫줄에

어제를 불리고 녹이고 씻는
오늘을 말리고 닦는
그대 손에서
미래는 이렇게 온다

남은 표

새 학기 출발
아이 이름 얼굴 짝짓기 외우기 부르기
숨 쉴 틈 없이 불러 주는 선생님
대답할 숨표도 없이
되돌이표 회전하는 일과

8년 차 강 선생
두 번 출산 수유기 키우기 살피기
종종걸음 아이. 집. 학교.
허리 펼 틈 잊은 쉼표
점점 세게 달려드는 가사 육아

15년 차 윤 선생
백일 아빠 재우기 먹이기 씻기기
쏟아지는 업무 부장님
낮 같은 밤 사라진 느낌표
스타카토 때리는 일, 일이

30년 교실 집 맴돌다
숨표 없는 출산휴가

꿈도 못 꾼 육아 쉼표
조건 못 채운 안식년 탈락
숨 끊어진 숨표
안식 잃은 쉼표

이제 겨우
할 수 있는 표
마침표뿐인가?

퇴직

가을은
검은 아스팔트 노란 손수건 내려놓고
마른풀 잔디밭 빨간 손바닥 찍어 놓고

슬며시
낡은 옷자락 바투 당기고
찬바람 외투 깃 여며 주며

말없이
겨울 안개에 얼굴 숨기며
꽃눈 송이에 자리 내어 주고

남몰래
하늘 날개 파랗게 닦으며
눈시울 물기 노을 빛내고

제2부 길의 집

2005 해우소 1

신선들의 화장실
장가계 관광특구
동양화 첫 붓질

용틀임 매표소 꼬리
비늘 입장객 용구름
비천 마려운 뒷간

칸도 막도 없고 변기도 통도 없이
좁다란 하수구 양쪽 경계 디딤돌
두 발 벌려 앉아 한 줄 엉덩이 사열
큰 볼일 작은 볼일
별 볼일 없이 별 수 없어
낯선 이방인 낯 다를 것 없이
급하게 끈 뒷불

비천무 근심 오색구름 굽이굽이
절애 해소 하늘로 쭈욱쭈욱
본능 내음 지상에 넘실넘실

2005 해우소 2

속 근심 풀려고 아랫도리 헤쳐 앉아

마주 앉아 얼굴 부끄럽지 않고
나란히 안면 트고 이야기 나누고
빤히 쳐다보며 알은체하고
눈인사 교차하고 입인사 오고 가는
하강한 배설 아래에서 서로 섞여

배 속 근심 풀어서
앞 뒤 옆 같은 근심
안부를 보고 냄새를 향유하며
근본은 다르지 않음을 확인하는

서로의 본능 적나라하게 보이고
이국인도 같은 냄새 풍기며
칸이 다름으로 갈라 치고 막지 않는
벽 가림 없이 같음으로 나누고 인정하는
꾸리한 향내
편안한 배 속
비워진 속내

>
모두가 속 근심 나눠 보던
중국 장가계 화장실

아메리카노

소심한 허영

소소한 욕망

사소한 호사

소박한 사치

한 잔

걷기 1

나의 발이

존재의 시간을 따라
영혼의 공간을 채우는

일상의 권태를 털고
심줄에 긴장을 담는

느린 대화
깊은 생각

걷기 2

지팡이도 길에 들어
길 따라 걸으면서
길이 든다

지팡이도 옷처럼
몸을 따라 걷는다

길에 든 옷은 기온보다 더워
마음을 연다

길을 걷는 옷은 발보다 무거워
껍질을 벗는다

지팡이도 그림자처럼
몸보다 빨리 걷지 않는다

길에 든 그림자는 뒤따르며
몸보다 서두르지 않는다

떼어 낼 수 없어 그림자는

길을 걸으며 몸에 길든다

나도 길에서
길이 든다

걷기 3

너그럽게 시간 버리기
여유롭게 세월 잊기

넋 빠지게 돌려 치는 돈에 저항
숨 가쁘게 재촉하는 자본 거부

느긋하게 주변 얻기
빈둥대며 자기 찾기

걷기 4

비는 발의 가벼운 근심거리
습기 젖은 발걸음 고행
피하지도 멈출 수도 없는 잰걸음

눈은 길의 눈부신 장애물
하얀 벽 막힌 전진의 고역
창백한 얼음꽃 찬란한 뒷걸음

해는 얼굴의 따가운 길잡이
웃음 타는 껍질의 수행
숨을 곳 없는 자오선 제자리걸음

걸음은 잠시
길을 빌려 지나는 갚지 못할 빚
어찌 할 수 없는 길벗들
지구에 맡긴 빚쟁이 몸

소주 신드롬

초록을 깨어 먹었다
매끈한 유리 차가운 입맞춤
따가운 목 넘김
목젖 찌르고 성대에 박혔다

신록 이야기 나발 불었다
취한 정자들 유영
사랑을 하는 언 자궁
좁은 목 타고 넘어 틔운 새싹
뗀석기 도낏자루 청동 이끼 키웠다

연록 갈아 읊조렸다
입을 열지 않아도 투명한 얼굴
맑게 비워 드러난 밑바닥
머리 젖혀 혀끝 핥고 미끄러진 식도
오장에서 육부까지 전율을 춤췄다

청록 대화를 속삭인다
씹던 껌 붙어 있는 낡은 창
기어오르던 담배 연기 막아선 벽

초록 타액 타오른 알코올

부푸는 간 헤엄치는 뇌파

간석기 화살촉 노래 꽃 핀다

걷기 5

길을 걸으면
희망의 조각가가 되고

길이 아닌 때부터
길이 되는 꿈을 꾼다

길을 헤매면
기회의 길잡이가 되고

길을 잃은 곳에서
또다시 길을 얻는다

길의 끝은
또 길이다

걷기 6
—구 도로

도심에 골목길이 있다
좁은 길에 마음이 열린다
콘크리트 수직 벽 사이 아스팔트 길 위로
잰걸음 행인
쏜살같은 차량
길을 보지 않고 달음질만 간다

차로에 사람 길이 있다
예기치 않는 길이 뚫린다
속도 버리고
욕구 놓고
목적 없이
발 가는 데로 길이 된다

도시는 발이 말한다
사람이 이야기 길을 엮는다
불시에 보는
횡재를 얻는
특별을 낳는
삶에 들어가는 길이 열린다

부산 이바구*길

아버지 술 행패 다음 날은
산만디** 계단 내려서
이모 집에 갔다

동생네 아랫방 눈두덩 시퍼런 엄마
갯가에 구르는 뒤웅박 팔자
타령을 읊조렸다

하얀 셔츠 넥타이 매고
신권같이 퇴근하는 이모부
새초롬한 만 원권 안색
십 원짜리 비난 지끈 같은 타박
은행이 열렸다

날계란 굴린 눈자위
누렇게 익으면
집으로 돌아온 엄마
기다림을 마셔 버린 아버지
곯아떨어졌다

>
이모 집 매실주 익는 향기
아버지 희석주 술병 기우는 집

* 이바구: '이야기'의 경남 방언.
** 산만디: '산마루'의 경남 방언.

쫓겨난 동해선東海線

기차는 바다로 갔다

역전 해산물 시장 물거리 반짝이는 출발
남쪽 해파랑 갈맷길 응시하다
시원한 눈 멋 짭쪼름한 바다 맛
물질 맛 품은 어선의 해 질 녘 귀향
황금 위에 널어 둔 해조의 노래 따라
동쪽 바다와 평행선 달려갔다

기차는 바다를 앗겼다

빨려 들어간 콘크리트 병 속
바다 역 회색 벽 푸른 그리움 하차하고
바다 열어 준 언덕 외면한 달맞이
달빛 가린 지하 터널 질주한다

기차는 땅속을 간다

첫아들 혼례 펼친 청라 치마
앞산 땅에 묻힌 청사포 파도

만장 꼬리 울리는 기차
상여 공명 이명을 찢는다

기차는 병 속을 지나간다

바퀴를 쓰다듬어 주던 송정 해안
마르는 미역 내음 기다리는 모래사장
시멘트 병목에 칭얼대는 파찰음
빈 병 찢는 선로 동공을 흔든다

걷기 7
―쇼핑가

뉴욕이나 런던이나 파리나
옷이든 가방이든 같은 브랜드

다른 공간 같은 낙인
다른 시간 같은 상표
같은 것끼리 다른 척

어느 도시를 가도
그게 그것

오솔길 강탈한 고속도로
들판을 약탈한 기반 공사
추억을 질식시킨 신도시
자연이 급사한 대도시

몰상식 명품
돈의 길

재개발 참새 1

콘크리트 중층 숲
모든 것 떠나고 시멘트만
남았는 줄 알았는데

사흘 밤낮 퍼붓는 장마
산업대로 뒤켠
물러난 지방도

해도 떠오르지 않는
금 간 웅덩이 틈 간 아스팔트
견뎌 낸 가로수 한 그루

물 튀는 차바퀴 소리 틈
매연 씻는 이파리 바람결
참새 한 마리

"너 거기서 울고 있었구나"

재개발 참새 2

목 넘어가는 빗소리
잠시 끊길 때마다
마천루 가려진 산 향해
빌딩 숲 빈틈에 울리는
들릴 듯 말 듯 여린 열규

구도심 장마 신새벽
열리지 않는데
시스템 창 방충망 비집고
울음소리 감추는 채찍비
들어 주는 이 아무도 없는
무명실 같은 절규

"나 아직 살아 있다고요"

걷기 8
—진보

퇴보를 인정할 줄 알고

멈춤을 허용해 주고

부진을 이해해 줄 때

함께 앞으로 나아간다

재생 앞바다

저 건너 부산역 네온 간판
선로 하얗게 가로지르고
뒤따라 행인이 떠나가는

그 뒤 공터로 기다리는
국제여객터미널 신청사 앞
까맣게 객토 담은 재개발
터 무늬 없이 바다 빼앗고

그 너머 밀려난 바다
발 담그고 여행 꿈꾸며
반짝이는 푸른 크루즈
호화 객실 오렌지빛 유혹하는

여기는 산동네 복개 도로
산복이 카페에서
늙은 부산을 바라보면
성형한 미래가 부활한다

걷기 9
—발의 산길

곧바로
산을 쭈욱 오를 수 없다

산허리 빙글빙글 돌아 감고
위에 올라도 정상은 나오지 않고
봉우리가 보인다고 다 온 것도 아닌

다시
아래로 내리락 위로 오르락
제자리 맴돌며 오락가락
길을 잃고 헤매고
길 없는 길 헤치기도

그러다 보면
눈앞 풍광이 확 트이고
어느새
정상에 당도한다

내 발자국이 길이 되어

걷기 10
—등산

예술처럼 아름답고

종교처럼 경건하며

노동처럼 신성하다

걷기 11
―발의 구도求道

너와의 거리 좁히고 넓히고

발에서 얻은 자유
다리로 깊은 명상
고통이 주는 행복

나와의 길이 가깝고 멀어지고

땀에 젖은 반성
씻어지는 자만
닦아 내는 아집

백두산에 오르다 1

백 년 이래 첫 경험

태생 이후 최고 고온

반백 평생 첫 체감

태양 육박 수은주

40도 데우는 바위 열기

온몸 젖은 붉은 땀줄기

태초가 소리쳐 울리고

시원이 휘몰아쳐 세운

2,750 장군봉 북녘 동파에 버티고

1,400 경사 계단 서파를 올라타고

발끝에 내딛는 백두 열망

숨 끝에 맺히는 천지 갈망

37호 울타리에 갇힌 조중 국경비

조선민주주의 인민공화국

겨레의 백두산

중화인민공화국

저들의 장백산

>
벽 없는 벽 너머로 바라본 장군봉
선 없는 선 가르는 푸른 물 천지

장벽보다 두꺼운, 절벽보다 절절한
흰머리 산이
심해보다 깊은, 금강석보다 투명한
파란 거울에 비추인다

백두산에 오르다 2

백 번 가면 두 번 보여 준다는
백-두-산에 올랐다

끌고 온 이상 열기 한반도
끓어오르는 이도백하 송하강
불타는 초입 삼도백하 압록강

온대림 잎사귀 물기 잊고
혼합림 이파리 수분 마른
한대림 바늘잎 철사 굳어
관목 지표 밑동 늘어진
임계점 닿은 식물 한계선 폭염

불타고 마른 첫 등정길
백일하에 드러내 준 고마움
천만년 견뎌 준 천신만고 감사
터지는 심장 솟아진 굵은 땀

대놓고 찍고 여보란 듯 취하는
인파 틈을 비집고 서파에서

천지 푸른 물 내려 보니
물담 속 또 하나 백두산

수면 아래 깊게 푸른 백두
수면 위 높게 하얀 백두

한 번 만에 두 백두 보여 준
백-두-산 올랐다

걷기 12

―전진

앞으로 나아가기
발과 발의 보폭밖에

차를 타고 빨리
혼자서 멀리가 아닌

앞서면 기다리고
뒤따르면 밀어주고

급보의 걸려 넘어짐
속보의 지쳐 쓰러짐

백 인의 일 보
일 인의 백 보가 아닌

진보의 나아감
우리 발걸음만큼만

그대로 다른

바다는
그때처럼
전을 펼쳐 기다리고 있다

아이는 푸른 물이 무섭다
달려오는 파도
발끝만 내밀어 주고

청춘은 해수욕 즐기다
푸른 심해
온몸을 던져 주고

백발은 육지가 서럽다
백사장 주변
오랜 파도 서성거리며

너무나 같은 바다
누구나 다른 바닷가
우리는 같이 있다

운명 네트워크

거미줄이 무섭다
아무 일도 하지 않았는데
빠져 있고 되돌릴 수 없어

나방의 노력이 두렵다
무슨 짓도 빠져나올 수 없는
어떤 것에 빠졌음도 모르는

불행하게도 현실이다
거부할 수도 없다

세월의 세로 자
희망의 가로 자
교차점에 얽힌
거미줄 나방이다.

제3부 시간의 집

사람을 쌓는 집 1

아침보다 먼저 인부들이 온다

이슬처럼 잎새에 오그리고 잠을 자고
물방울처럼 젖은 피로 채 떨치지 못하고
냉장고 같은 오천 원 몸빼
철근 같은 작업화 끈을 엮어
낡은 뒷골목 쪽방을 나선다

해보다 빨리 공사장이 뜬다

함바 식당 새벽 해장을 풀고
콘크리트 같은 안전모를 얹고
피딱지처럼 굳은살 면장갑을 끼면
조장의 집합 호루라기
회색 고공에 작업 개시 부른다

사람을 쌓는 집 2

정오보다 높이 일꾼들이 오른다

공들이지 않고도 솟는 크레인 탑
층층이 쌓아 올린 양생 시멘트 땀
새 집보다 한층 밑에 깔린 발판
심부 찌르는 굴착기 귀청 먹은 잡부
소리만 울리는 막노동 무거운 그림자

노을보다 낮게 사람이 눕는다

고막을 휘젓던 소음 남겨진 적막
비강 찌르던 비산먼지 앉은 숙취
세끼 밥 중참 함바 가지런한 하루살이
철심 풀린 안전화 가라앉는 잠자리
철공 비운 안전모 꿈꾸는 내 집

주가株價

불확실한 오늘 중
확실한 내일을
심각하게 모름

분명한 지금 중
불명확한 나중은
고통스런 불안

위기를 기회로
위험은 대비로
괴로운 앎
고달픈 삶

걸작

창가의 아침
쏟아지는 햇살
위대한 예술

낡은 예배당 나무 십자가
엇갈린 두 판 녹슨 못 자국
이끼 낀 댓돌 걸쳐진 문짝

기울어진 그믐달 알몸 소년
복숭아 얼굴 달빛 동공
솟아오른 금맥 치솟는 숫자

위대한 화가 텅 빈 관념
공허한 찬미 덧칠 그림 현금
감상 놓은 감정가 이유 없는 경매

머리 위 별빛
발아래 들꽃
찬란한 작품

풍경화

소유권 땅의 주장
지주의 탐욕
농노의 박탈

지적도 미학 욕심
부동의 재산
부재의 유산

토지에 그려진
욕망의 액자

초록 포옹

아버지는 소주병 안에서만 웃고 있다
염색 오징어채 발색 머리카락
환속한 상아 누런 기억 되새김질
막잔 옹알이 앓았다

소주를 알고 아버지를 보았다
어깨를 누르는 공구리 시멘 독
알코올 잠긴 반추 이갈이 소리
빈 병 공명이 들렸다

술을 마시고 아버지를 알았다
소주에 희석된 콘크리트 뼈마디
모을수록 쌓여 가는 이자 붉은 녹
투명 빈손이 울었다

안주를 토하며 아버지를 품었다
소주는 마실수록 토해 내고
자식은 품을수록 날아가고
막노동 빈털터리 안았다

>
헐벗은
빈속 누가 알랴?
오직
초록의 투명 액체
너뿐!

재개발 망향望鄉

염천을 가려 가며
폭염을 피해 가며
40년 전 동네 찾아와도
분이도 숙이도
철이도 용이도

부끄럼 타며
미끄럼 타던
우리 언덕
비 막이 푸른 천막

쑥스럼 치며
다망구* 치던
미로 골목길
흙막이 철골빔

누구도 알지 못하는 인부들
무엇도 남기지 않고
재개발 신축 현장

>
기억할 어린 날
깡그리 사라진 실향
바로 눈앞의 망향

* 다망구 놀이: 도망치고 달리는 술래잡기.

재개발 추억

퇴거명령 강제 철거
강제가 뽑지 못한 기억
명령에 물러나지 않을 추억

용역 투입 철거 집행
투입도 걷어 낼 수 없는 분노
집행이 치워 버리지 못한 비참

조합 시공 건설 시행
시행이 밀어 버릴 가난
시공이 쌓아 올릴 비루

도시 재생 미래 완공
재생이 잊어버린 전통
완공에 잃어버린 미래

부전시장

재래시장 모퉁이마다 관절염 부풀어 오른다

어물전 갈치 류머티즘 얼어 버린 몸통이 토막 친다

식육점 안심 만성 위염 살덩이 엄습한다

젊은 호황 이명같이 아련한데
성형한 마트 대형 그늘 뒤
안구 건조 말랭이 가슴 동결한다

늙은 시장 퇴행성 불황 좌판
염포 싸맨 손가락들
마디마다 문드러진다

재개발 손

대지를 소진시킨 개발의 꿈
대기를 탈진시킨 고층의 탑

사람을 착취한 황금의 날실
자원을 갈취한 자본의 씨실

목줄 엮어 놓은 독거미 투망
갈퀴 손 보이지 않아도
돈 긁어모으는 소리

빌딩풍

격한 밤, 깊은 바람
바다 누비고 파도 거느리며
해일도 몸서리치며
마천루에 몰아닥쳤다

거절할 수 없어 그저 서 있기만
소리는 울리지만 말은 못 하는
견딜 수 없는 열망
버틸 수 없는 욕망

씻은 아침 얇은 결
유리창 내려앉고 벽이 뽑히고
회오리가 벗겨 버려
생짜배기 몰골사납다

하늘 가리고 바람길 막고
숨통 좁히고 시야 어둡게
참을 수 없는 압박
이길 수 없는 초고층

칼 꽃

칼 부려 세운 쇠붙이 꽃대
시멘트 비벼 성형한 콘크리트 꽃잎
모래 녹여 반사하는 유리 꽃술

바람에 내린 뿌리
하늘 한 줌 거부한 잎사귀
비 한 방울마저 차단시킨 꽃잎

도시는 칼 벼려 꽃 피웠다

구름에 닿은 쇠 조각 직각 기둥
서리마다 불 켠 네온 문패
산란이 날카로운 나비

절교한 바람벽 끝 수직 칼등 처마
햇살 넓이 다투는 그늘 머리 돌칼 봉창
교미가 아찔한 여왕벌

칼 꽃은 교미만 하고 산란을 거부한다

>
칼등에 미끄러진 나비 수정란
칼끝에 찔린 여왕벌 알주머니
아스팔트 화단 칼 꽃 알들의 추락

콜로세움

슬픈 위대

낡은 거장

고된 노역

힘센 폐허

런던 8월

아홉 시 태양 서쪽 지평선 아래 퇴근

다섯 시 여명 동쪽 지평선 위로 출근

북반부 여름

잠은 하얗고 여로는 멀다

휴가는 짧고 여독은 길다

6·10 그 밤

여섯 시 퇴근은 봉쇄
야근은 강제로 봉제

국제상사 운동화 라인 영순
야학 검정고시 수업 째고
흔들리는 형광빛 나이키
산업화 바느질 검수

철야 잠입 여섯 시 교회
유인물 종소리 데모 파동

럭키치약 분장 청바지 여대생
비인가 검정고시 휴강한 야간학교
서면로타리 고추 후추 눈물 가스
민주화 마름질 검열

초여름 밤
졸리운 여공의 바늘 눈에
따가운 여대생 핏줄 자위에
달아오른 뜨거움

북한강 얼음장

북에서 시작한 강
남으로 흐르는 물
가을에 떠난 물길
겨울에 다다른 수심

발갛게 언 두 뺨
퍼렇게 굳은 손발
하얗게 시린 햇살
깊은 물 울음소리
겨울 가르는 심장박동

끄~응 두우 두우두둑
겨울을 밀어내는 북강
남으로 가려는 물길
금이 가는 얼음 심저
찢어지는 겨울 얼굴

겨울도 북한강은 흐른다

어병漁瓶

냇가에 발 넣고 물병 담근다
병은 물로 채워지면서
냇물에 에워싸인다

수면 위부터
견고하고 굳세어진 유수
허리가 녹아 사라진 그릇
흐르는 고체
수정 갈증에 갇힌 물방울

수포보다 유려한 청량
감미로운 손 잡히지 않는 병
단단한 액체
투명 죽음에 맺힌 유리알

끊어지기 거부한 투명 실
음미를 거절한 혓바닥
열목어 물병을 볼 수 없었고
물은 물고기를 가두었다.

지혜

그저 얻어지는 종이가 아니라
베껴 외우는 글자가 아니라
선생님 도와준 수업이 아니라
세리 면제해 준 세금이 아니라

살아가는 동안 겪어
세상의 악덕과 투쟁하며

거의 실패하고
가끔 성공한

의지의 샘물이었어

항아리에 담근 해

빈 고추장 항아리
가득 찬 정월 대보름달

햇살 머금은 백날
봄 우려낸 매실액
땡볕에 익은 초록
여름 빻은 고춧가루
바람이 말린 달빛
가을 삭힌 찹쌀엿

소금, 시간도 곰팡이 슬지 않게
소주, 휴식에 권태가 끼지 않게
질금, 세월의 농락에 썩지 않게

해 품은 항아리
뜨거운 삶의 애착

두 편

두 아들이 다툰다
시어머니 아들
내가 낳은 아들

수박 껍질 분리수거
베란다 국물 깨끗이 안 닦았다고

흐른 물기 닦고 또 닦았는데
당 물기 끈적인다고

저 아들의 저대로
내 아들의 저대로

같은 말 제대로
다른 기준 제대로

두 아들이 제대로를
제대로 알아주지 않는다고

시어머니 아들은 남 편이고
나는
내가 낳은 아들 편이다

호모 이티엔스homo eatiens

살기 위해 먹는다
살기 위해 죽인다
먹기 위해 죽인다

초원에 유배된 감금
풀 따라 맴도는 유랑
유예된 죽음까지 살기 위해
씹어야 했던 건초 비육

대양에서 쫓겨난 감옥
가두어진 제자리 유영
살기 위해 몸부림치며
삼켜야 하는 사료 양식

살아남기 위해
산 것 교활하게 포획하고
교묘하게 목숨을 먹는

저들의 삶보다
오래 살아남기 위해

生을 먹는다
死를 죽인다

사막 1

무너진 수직 입체가 누워 버린
수평만의 눈높이

시간도 지나가지 않는 두절
공간도 움직이지 않는 단절

시공의 정지
영원한 순간

길 없는 바람결 길이 되는
길 잊은 모래알 지평 중심

뒤돌아보지 않는 수직 향한 전진
물의 실루엣 찾는 그림자 행렬

공간 이동
시간 흐름

지구의 피륙만으로 숨 쉬는
땅의 원형질

사막 2

바람을 담은 시계의 원형
지구의 시간을 헤아리는 모래알
철옹성마저 바수뜨린 영원永遠

한 알 한 알 옮기는 기억
유리구에 저장된 역사
알알이 매장한 시원始原

모래 폭풍의 순간
무한 알갱이 모아
다시 흩어지는 윤회

지구의 모래시계

해 설

새로운 삶의 기념비로서의 서정시

유성호(문학평론가, 한양대학교 국문과 교수)

1. 지극한 위안과 성찰의 시간

황선미의 시집이 그윽하게 펼쳐져 있다. 그녀의 삶과 성
정을 닮아 일견 단아하고 일견 열정적인 문양으로 훤칠하
게 다가온다. 그녀는 이번 시집과 함께 오랫동안 몸담아 왔
던 교단을 떠난다고 한다. 그녀의 젊은 날이 촘촘하게 배어
있을 언어의 행간을 살피면서 우리는 그녀가 노래하는 서정
의 온도를 그녀 스스로에게도 돌려보낼 수 있으리라 생각해
본다. 따뜻한 교사로서 살아온 날을 거듭 축하하면서, 이제
'언어의 사제'로 살아갈 그녀의 생을 응원하고자 하는 마음
크기만 하다.

잘 알려져 있듯이 서정시는 명료한 해석에 머무르지 않고

모호하고 다의적인 해석 체계에 놓임으로써 파생적 의미를 풍요롭게 생성해 낸다. 말하자면 그것은 상품 매뉴얼처럼 조목조목 정연하게 정리되거나 수학 공식처럼 단일한 정답으로 귀일하지 않는다. 비교적 흐름이 안정되어 있고 난해성과는 일정하게 거리를 둔 서정시일지라도, 이러한 의미 해석의 다양성은 분명한 속성으로 나타나곤 한다. 더구나 최근 우리 시단에서는 낯선 해체 지향의 언어를 도입하는 작품들이 적지 않게 나타나게 되었고 이를 통해 미학적 확충을 도모하려는 노력이 빈번하게 출현하고 있다는 점에서, 우리는 서정시의 원심적 속성이 정점에 달하는 시대를 살고 있다 해도 좋을 것이다. 그럼에도 불구하고 서정시는 '기억'과 '사랑'이라는 본원적 방법을 지속적으로 준용함으로써 다른 언어 양식과의 차이성을 선명하게 드러내곤 한다.

황선미의 시를 읽는 과정은 이러한 기억과 사랑의 방법론을 경험하는 일과 다르지 않다. 아닌 게 아니라 그녀는 '기억'과 '사랑'이 서정시의 불가피한 존재 증명 방법임을 여러 차원에서 보여 준다. 난해성이나 장광설을 반영한 시편보다는, 기억 속에 도사리고 있는 대상을 재현하면서 그것을 사랑의 에너지로 다독여 가는 소통 지향의 시를 쓰는 데 황선미는 최선을 다한다. 그럼으로써 삶에서 늘 따라다니는 고통을 견디고 지극한 위안과 성찰의 시간을 자신의 삶에 가져오게 되는 것이다. 융융하고 가없이 아름답다.

2. 화석처럼 재구성된 시간적 흔적으로서의 역리逆理

서정시는 시인 스스로 살아온 시간을 회상하고 성찰하는 기억 작용을 강하게 활용하는 언어예술이다. 우리가 서정시의 창작 동기를 나르시시즘의 원리에서 찾고자 하는 까닭도 바로 여기에 있을 것이다. 이처럼 기억은 서정시의 가장 중요하고도 원초적인 욕망이 아닐 수 없다. 한편으로 그것은 자신의 내면으로 몰입하려는 지향으로 나타나기도 하고, 다른 한편으로 다양한 타자들을 향해 확장해 가려는 외연적 힘으로 번져 가기도 한다. 황선미는 자신의 삶에 대한 내향적 회귀 의지와 타자를 향한 외적 관심의 확장 의지를 균형 있게 갖춘 시인이다. 또한 그녀에게 기억이란 지나온 시간을 단순하게 미화하기보다는 자신의 삶에 남은 상처를 추스르고 견디는 쪽에서 발원한다. 그만큼 황선미는 자신의 삶에 만만찮은 무게로 주어졌던 고통의 흔적들에 대한 강렬한 기억을 토로함으로써 이번 시집으로 하여금 상처의 흔적을 치유하려는 욕망을 아름답게 드러내게끔 하고 있다. 그러한 주제를 드러내는 데 핵심적 방법론으로 활용되는 것이 바로 삶의 '역리逆理'일 것이다. 다음 작품을 먼저 읽어 보도록 하자.

꽃이 지고 잎이 지고
단풍이 지고 겨울이 지고 나야
봄이 온다

해가 지고 노을이 지고
달이 지고 별이 지고 나면
아침이 밝는다

그대를 지고 빚을 지고
자식을 지고 짐을 지고서
사랑이 깊다

더 많이 더 무겁게

질 줄 알아야
이길 수 있다

―「이기는 기술」 전문

  반복되는 '지다'의 연쇄 속에서 시인은 소멸의 질서가 우
리 삶에서 매우 보편적인 것임을 에둘러 말하고 있다. '꽃'과
'잎'과 '단풍'과 '겨울'이 차례로 소멸하고서야 비로소 '봄'이라
는 생성의 질서가 뒤따른다. 마찬가지로 '해'와 '노을'과 '달'과
'별'이 지고서야 비로소 '아침'이 오지 않는가. 급기야 황선미
는 우리 삶에서 져야 하는 '그대'라는 빚과 '자식'이라는 짐을
투명하게 토로하면서 그네들을 향한 깊은 사랑이 바로 '이기
는 기술'이 되는 것이라고 고백한다. 더 많이 지고 더 무겁게
져야 이길 수 있다는 역설적 이치가 시 전체를 안간힘으로 떠
받치고 있다. 그러한 삶의 '이기는 기술'은 "익어 갈수록 투명
해지고 싶어"(「타락죽 1」)하는 마음과 상통하면서 황선미의 시

를 간단치 않은 결기와 의지로 구성해 주고 있는 것이다. 다음은 어떠한가.

> 연필 안에
> 날려 버린 말이 있다
>
> 눌러 온 한숨 검게 태웠고
> 뾰족한 화 억눌러 뭉툭하게 닳았고
> 단단한 잘난 체를 하얗게 벗겨 내었다
>
> 깊은 속 어둠까지 다 써 내려가며
> 검게 속내를 털었다
>
> 깨어지지 않을 것 같던 껍질도
> 드러내지 못할 것 같던 속사정도
> 풍파에 깎이고 세파에 닳아 줄어든
> 구구절절 키 작은 사연
>
> ──「몽당연필」 전문

'몽당연필'의 추억은 삶의 역리를 드러내기에 매우 맞춤한 것이다. 가령 시인은 짧은 연필 안쪽으로 자신이 "날려 버린 말"이 담겨 있음을 고백한다. 한숨이나 화를 눌러놓아 뭉툭하게 닳아 버린 몽당연필의 외관은 시인의 삶을 은유하는 데도 제격인 셈이다. 깊은 속 어둠까지 다 써 가면서 몽당연필은 속내도 속사정도 다 털어놓고서는 "풍파에 깎이고 세파에 닳아 줄어든" 채 삶의 "구구절절 키 작은 사연"을 들려주고 있다. 따라서 이는 "남몰래/ 하늘 날개 파랗게 닦으며/ 눈시울 물기 노을 빛내고"(『퇴직』) 살아온 시인의 생애를 함축하는 표상이 아닐 수 없을 것이다. 이처럼 황선미의 시는 소멸의 원리를 따라 의미를 만들어 가는 역설의 이치를 항상 수반한다. 그녀가 미래의 희망을 노래하거나 과거의 추억을 노래한다고 하더라도, 그것은 그 자체로 그녀 고유의 역설적 가치 판단이 개입하고 있는 것일 터이다.

또한 황선미의 시는 시간에 대한 경험과 그 기억의 재구성이라는 특성을 지니면서, 한 편의 시 안에 구현된 시간으로 하여금 미학적으로 재구성된 작품 내적 시간으로 몸을 바꾸게끔 한다. 우리가 '기억'이라고 명명하는 것도 지층에 남아 있는 화석처럼 재구성된 하나의 시간적 흔적이며 표지標識일 뿐이라는 점을 생각한다면, 황선미가 수행하는 기억의 운동이야말로 삶의 여러 맥락에서 경험된 시간을 탐색하고 노래하는 시인의 마음을 증언하는 것인 셈이다. 그렇게 황선미는 화석처럼 재구성된 하나의 시간적 흔적을 통해 자신의 언어를 발화하고 있다.

3. 사랑의 마음과 근원적 존재 형식에 대한 탐구

그런가 하면 황선미는 우리의 삶을 유지하는 근본 조건들

예컨대 인간의 의지로는 어떻게 해 볼 수 없는 고독과 그리
움을 노래하는 시인이다. 그녀는 삶의 고유한 형식인 고독과
그리움을 시 안쪽으로 불러들여 인간적 존재론을 지속적으
로 변주하며 자신만의 시학을 완성해 가고 있다. 그 심미적
결실로 얻어진 처연한 존재론이 이번 시집의 실질로 다가오
고 있는 것이다. 나아가 황선미는 이러한 불가피한 존재 조
건 속에서 삶의 가장 중요한 가치이자 지향인 '사랑'을 하염없
이 노래해 가는데, 그 가운데 가장 분명한 음역音域이 '스승'
으로서 겪은 이력에서 나타나고 있다. 그 사랑의 마음을 통
해 그녀는 인간이 견지하는 근원적 존재 형식에 대한 탐구로
나아가기도 한다.

3월에는
봄꽃 시샘하는 미소보다

선생님께
수고 많으셨습니다
응원의 감사를 드리고 싶다

4월이 오면
벚꽃 흐드러진 찬사보다

선생님께
꽃그늘에 잠시 쉬어 가실

자리를 내어 드리고 싶다

5월 다가오면
카네이션 선혈 꽃길보다

스승께
낙화 모아 다시 엮은
화관을 올려 드리고 싶다

—「선생님 봄에는」 전문

　　밝은 봄날에 시인은 선생님께 드리고 싶은 세목을 열거하
고 있다. 물론 우리는 이 노래를 '황선미 선생님'께도 고스란
히 돌려드릴 수 있을 것이다. 가령 시인은 스승께 '미소'나 '찬
사'나 '꽃길'보다는 '응원의 감사'와 '쉬어 가실 자리'와 '화관'을
드리고 싶다고 노래한다. 비록 봄꽃의 화사함과 벚꽃의 흐드
러짐과 카네이션의 선혈 같은 문양이 훨씬 아름답겠지만 그
보다는 '꽃그늘'과 '낙화'로 상징되는 쉼과 재생의 이미지를 떠
올리고 있는 것이다. 그렇게 "발자국이 길이 되어"(「걷기 9-발
의 산길」) 간 스승의 길이야말로 황선미 스스로의 것이기도 할
것이다. "예술처럼 아름답고/ 종교처럼 경건하며/ 노동처럼
신성"(「걷기 10-등산」)했던 스승의 길이 숭고하게 각인되는 순간
이 아닐 수 없다. 그리고 그녀는 '걷기' 연작을 통해 '길'에 대
한 미학적 의지를 더욱 선명하고 밝게 형상화해 가고 있다.

나의 발이

존재의 시간을 따라
영혼의 공간을 채우는

일상의 권태를 털고
심줄에 긴장을 담는

느린 대화
깊은 생각

—「걷기 1」 전문

길을 걸으면
희망의 조각가가 되고

길이 아닌 때부터
길이 되는 꿈을 꾼다

길을 헤매면
기회의 길잡이가 되고

길을 잃은 곳에서
또다시 길을 얻는다

길의 끝은

또 길이다

—「걷기 5」 전문

'걷기'는 황선미에게 삶을 비유하는 움직임으로 다가온다. 아닌 게 아니라 시인은 자신이 걸어온 길이 "존재의 시간을 따라/ 영혼의 공간을 채우는" 작업이었다고 고백한다. 그리고 그것이 "일상의 권태를 털고/ 심줄에 긴장을 담는" 과정을 통해 결국 "느린 대화/ 깊은 생각"을 가능하게 해 주었다고 증언한다. 이러한 '걷기'는 "희망의 조각가"가 되어 "길이 아닌 때부터/ 길이 되는 꿈"을 꾸어 온 삶으로 한 걸음씩 진화해 간다. 그렇게 "길을 잃은 곳에서/ 또다시 길을 얻는" 수없는 반복적 과정 속에서 시인은 "길의 끝은/ 또 길"이라는 명제를 얻는다. 시집 표제가 숨겨져 있는 이 작품에서 황선미는 "한 알 한 알 옮기는 기억"(「사막 2」)을 두루 살피고 헤아리고 있는 것이다. 그만큼 '스승'의 길과 '걷기'의 꿈은 황선미 시의 양대 기둥으로서 창작의 제일의적 수원水源이 되어 주고 있다. 거기서 솟구쳐 오르는 '사랑'이야말로 인간의 존재 형식을 그대로 담고 있으며, 이때 그녀의 시는 지나온 시간을 가파르게 호명하면서 존재의 근원을 탐색하고 잃어버린 세계를 상상적으로 탈환해 가게 된다. 그래서 우리는 황선미의 시를 통해 그러한 사랑의 진정성을 경험할 뿐만 아니라, 인간의 근원적 존재 형식에 대한 탐구에 흔연하게 동참하게 되는 것이다.

4. 역사와 시원을 함께 초청하는 '시적 순간'

원래 서정시는 시간에 대한 남다른 기억의 형식으로 착상
되고 씌어진다. 그것이 미래의 전망을 형상화한 것이거나 아
니면 아예 시간 자체를 초월하는 경우라 하더라도 그것은 그
자체로 '시간'에 대한 시인 자신의 가치 판단일 수밖에 없다.
그만큼 서정시는 시간에 대한 기억의 재구성이라는 양식적
특성을 일관되게 지니며, 사물의 이치를 순간적으로 포착하
는 원리를 구현하게 마련이다. 물론 이때 순간이란 짧고 일
회적인 시간 개념이 아니라 과거-현재-미래를 하나로 통합
하는 이른바 '충만한 현재형'의 형식을 말하는 것이다. 그래
서 '시적 순간'은 오랜 경험과 시간이 반복되고 축적된 집중
형식으로서의 순간이 된다. 황선미는 그러한 '시적 순간'으
로 우리 역사의 물줄기와 가장 근원적인 인간 존재의 시원始
原을 함께 초청한다.

> 북에서 시작한 강
> 남으로 흐르는 물
> 가을에 떠난 물길
> 겨울에 다다른 수심
>
> 발갛게 언 두 뺨
> 퍼렇게 굳은 손발
> 하얗게 시린 햇살

깊은 물 울음소리

겨울 가르는 심장박동

끄~응 두우 두우두둑

겨울을 밀어내는 북강

남으로 가려는 물길

금이 가는 얼음 심저

찢어지는 겨울 얼굴

겨울도 북한강은 흐른다

—「북한강 얼음장」 전문

　북한강의 흐름을 역사의 차원으로 끌어올리면서 황선미는
북에서 시작하여 남으로 흐르는 물길이 가을에 떠나 겨울에
다다른 수심水深을 노래한다. 그 흐름 속에서 "발갛게 언 두
뺨/ 퍼렇게 굳은 손발"을 발견하고 "하얗게 시린 햇살/ 깊은
물 울음소리"를 보고 듣는 시인의 감각이 청신하고 예리하게
살아 있다. 한 걸음 더 나아가 시인은 "겨울 가르는 심장박
동"으로 "겨울을 밀어내는" 얼음장을 상상하고 있는데, 그것
은 어느새 "수면 아래 깊게 푸른 백두/ 수면 위 높게 하얀 백
두"(「백두산에 오르다 2」)로 몸을 바꾸기도 하고, 가장 장대하고
숭엄한 민족의 역사를 가파르게 함축하기도 한다. 이때 우리
는 황선미 시의 스케일이 '몽당연필'의 단단한 심지心志에서
북한강–백두산의 심원한 심지深智에까지 걸쳐 있음을 환하

게 발견하게 된다.

무너진 수직 입체가 누워 버린
수평만의 눈높이

시간도 지나가지 않는 두절
공간도 움직이지 않는 단절

시공의 정지
영원한 순간

길 없는 바람결 길이 되는
길 잊은 모래알 지평 중심

뒤돌아보지 않는 수직 향한 전진
물의 실루엣 찾는 그림자 행렬

공간 이동
시간 흐름

지구의 피륙만으로 숨 쉬는
땅의 원형질

—「사막 1」 전문

이제 황선미는 "수평만의 눈높이"로 이루어진 사막으로 시선을 옮긴다. 시공이 정지한 두절과 단절의 "영원한 순간"을 통해 시인은 "길 없는 바람결 길이 되는" 사막에서 "길 잊은 모래알 지평 중심"을 바라본다. "공간 이동/ 시간 흐름"이 "지구의 피륙만으로 숨 쉬는/ 땅의 원형질"로서의 사막을 오래도록 증언하는 곳에서 "유리구에 저장된 역사/ 알알이 매장한 시원始原"(「사막 2」)을 노래하는 것이다. 말하자면 이는 "대지를 소진시킨 개발의 꿈"(「재개발 손」) 반대편에 있는 '시인 황선미'의 가장 심층적인 원형적 자산일 것이다. 이처럼 황선미의 역사와 시원은 시간예술로서의 서정시의 속성을 한껏 충족하면서 깊고 넓고 아름다운 '시적 순간'을 창조하는 데 기여한다. 그리고 인간의 가장 깊고 오랜 근원을 유추하게끔 하는 유력한 형질을 만들어 내기도 한다. 시인은 자신이 경험해 온 시적 대상들을 향한 절실한 기억을 이렇게 사유하고 표현해 간다. 그래서 우리는 그녀의 중요한 적공積功이 이처럼 인간 실존의 근원인 시간의 기억을 통해 이루어진다고 말할 수 있을 것이다.

결국 황선미의 시는 서정시의 오래된 미학적 본령인 '자기 동일성' 혹은 '회감回感'의 원리에 의해 구현되어 간다. 자아와 세계 사이의 거리를 탐색하는 서사와 달리 순간적 통합의 원리가 서정의 본령으로 받아들여진 역사에 비추어 볼 때, 우리는 경험 세계를 선명하게 기억하고 고백하는 것을 중심 원리로 삼는 황선미의 시가 서정시의 첨예한 범례範例임을 어렵지 않게 알게 된다. 그렇게 황선미는 세계와 갈등을 일으키지 않는 동일성 경험을 중시하면서 그것을 충만한 현재형으로 발화해 내는 형식으로 서정시를 써 간다. 그 점에서 그녀의 시는 서정의 자기 규정적 원리를 고전적으로 증언하고 있는 기록이라고 할 수 있을 것이다. 그만큼 그녀는 현재의 지층 속에 화석처럼 존재하는 풍경들을 충실하게 재현하면서 동시에 그때의 한순간을 현재 시점에서 생생하게 구성해 낸다. 황선미의 시에서 이러한 원리를 가능하게 한 것은 바로 시인의 복합적인 기억이었던 것이다. 그 기억에서 흘러나오는 사랑의 언어가 이제 교단을 떠나는 '스승 황선미'에게 한없는 위안이 되기를 바란다. 명예로운 퇴임을 다시 한번 축하드린다. 또한 '시인 황선미'가 오랜 세월을 다독여 노래한 이번 시집이 그녀의 새로운 삶에 더없이 중요한 기념비(monument)가 되기를, 오랜 인연과 우정의 힘으로 희원해 마지않는다.

천년의시인선